KB108186

꿈을 꿔라!
아이처럼

초판 1쇄 인쇄	2014년 06월 23일
초판 1쇄 발행	2014년 06월 30일

지은이   추 윤 호
펴낸이   손 형 국
펴낸곳   (주)북랩
편집인   선일영   편집   이소현, 이윤채, 조민수
디자인   이현수, 신혜림, 김루리   제작   박기성, 황동현, 구성우
마케팅   김회란
출판등록 2004. 12. 1(제2012-000051호)
주소   서울시 금천구 가산디지털 1로 168, 우림라이온스밸리 B동 B113, 114호
홈페이지 www.book.co.kr
전화번호 (02)2026-5777   팩스   (02)2026-5747

ISBN   979-11-5585-231-6 03810 (종이책)   979-11-5585-232-3 05810 (전자책)

이 도서의 국립중앙도서관 출판시도서목록(CIP)은 서지정보유통지원시스템 홈페이지(http://seoji.nl.go.kr)와
국가자료공동목록시스템(http://www.nl.go.kr/kolisnet)에서 이용하실 수 있습니다.
(CIP제어번호 : 2014016899)

삶을 열정으로 가득하게 해주는 원동력은 바로 '꿈'이다.

꿈을 꿔라!
아이처럼

추윤호 지음

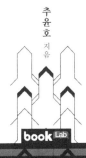

book Lab

목표의 위대함을 알아보려면, 나를 찾아보라!

- 존 고다드 -

사람에게 가장 강력한 동인은 결국 바람이다.

그리고 그 바람은

목표와 계획이라는 엔진을 얻을 때

현실이 된다.

- 스티븐 코비 -

목차

성공에 목말라 있던
스물세 살의 나

프롤로그

모든 조언은 자전적이다

- 오스틴 클레온, 『훔쳐라, 아티스트처럼』 중에서 -

나는 내 꿈을 찾고, 그것을 이루기 위해

꽤 많은 시간을 고민하고 또 고민했다.

결국에는 몇 가지 도움이 되는 방법을 발견했다.

그리고 그 방법을 다른 사람과 공유한다면?

시너지 효과가 창출 될 거라는 생각을 했다.

아직 꿈이 무엇인지 모르고, 꿈을 어떻게 이뤄야 할지 모르는 사람들

다시 말해서 이 책은 바로 당신을 위한 책이다.

당신이 누구든, 무슨 일을 하든,

자, 시작해보자.

꿈을 꾸는 사람이
꿈을 이룬다

다양한 꿈을 꾼 어린 시절

꿈을 크게 가져라

초등학교 시절 꿈이 뭐였어?

나만의 왕국 만들기, 모든 사람들을 잘 살게 해줄 대통령, 불쌍한 사람을 돕는 경찰 등, 포부가 원대한 꿈들을 꾸었다.

근데 지금은 어때?

우리는 현실을 깨달았다는 변명을 하면서 큰 꿈을 작은 꿈으로 한정 지었다. 많은 연봉이나 복지가 좋은 대기업 직원, 정년 보장이 확실한 공무원 또는 공기업 직원 등이 우리의 현실적인 꿈들이 되어버렸다. 그 꿈이 나쁘다고는 말하지 않겠다.

우리는 꿈이 우리에게 어떤 의미를 주는지 잠깐만 생각해보자. 꿈이라는 녀석은 우리가 삶을 열정적으로 살 수 있도록 동기 부여를 해주는 원동력이라고 생각한다.

아무리 힘든 역경이 찾아와도 그 꿈만을 생각했을 때 다시 일어나서 뛸 수 있게 해주는 역할을 한다. 그런 멋진 녀석을 우리는 애써 외면한 체 현실에 순응하고 있다.

너 대기업이나 공기업에 들어간다면 아무리 힘들어도
즐거운 마음으로 일할 수 있겠어?

대답이 '아니다'라면 그건 현실과 타협한 것밖에 안 된다. 물론, 한 번 사는 삶을 후회 안 할 자신이 있다면 그렇게 살면 된다.

우리가 꾸는 꿈에는 우리 인생의 최종 모습이 담겨져 있어야 한다.

꿈이 없다???

나의 최종 꿈은 나의 교육 철학이 담긴 대학교를 세워 노벨상 수상자를 배출하는 것이다. 그 꿈을 이루기 위해서 여러 가지 목표를 세웠고, 그것을 실천하기 위해 노력 중이다.

우리들 중 꿈과 목표를 혼동하는 친구가 있을 것 같아서 이 둘을 확실히 짚고 넘어가겠다.

목표는 꿈을 이루기 위한 단계별 지점이라 할 수 있다. 즉, 꿈이 우리의 최종 단계라면 목표는 그 지점을 올라가는 계단이다.

우리는 꿈에 대해 막연히 이상향이라고 생각하면서 살아간다. 그러다보니 '꿈은 꾸는 거지 이루는 것이 아니다'라고 많이들 생각한다. 절대 아니다.

꿈은 이상향도 아니고 꾸기만 하는 것도 아니다. 누구나 이룰 수 있는 것이면서 열정적으로 살 수 있게 해주는 것이 바로 '**꿈**'이다.

절대 꿈꾸는 것을 포기하지 말고,
계속 꾸면서 이루자!

포기는 배추 세는 단위일 뿐!

나만의 목표 적기

구 분	목 표	달성 기한
1		
2		
3		
4		
5		
6		
7		
8		
9		

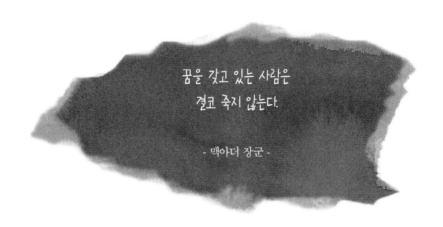

꿈을 갖고 있는 사람은
결코 죽지 않는다.

- 맥아더 장군 -

'열정'이란 연료를 주입하자

당신이 진정으로 원하는 바가 무엇인지 깨달아라.
그때부터 당신은 나비를 쫓아다니는 일을 그만두고
금을 캐러 다니기 시작할 것이다.

- 윌리엄 몰턴 마스든 -

'유종의 미'

누구나 알고 있으면서 사는 동안 꼭 지켜야 하는 행동지침이지만 우리는 실천까지 옮기는데 종종 실패한다.

우리는 새해가 되면 여러 가지 목표를 종이에 적는다. 일출을 보며 꼭 이루겠다는 다짐과 함께. 그러나 짧게는 삼일천하, 길게는 3달 안에 포기하고 만다.

처음 마음먹었을 때, 뭐든지 다할 수 있다고 한 결심이 어디로 간 걸까?

우리는 시간이 지날수록 열정이 사그라지는 경험을 많이했다. 그것도 셀 수 없을 정도로 아주 많이! 그런데 왜 고치지 못하는 걸까?

나는 '열정'을 계속 활활 타오르게 할 연료를 어떻게 만들지 모르기 때문이라고 생각한다. 우리 눈에는 그 연료가 보이지 않으니까!

지금부터 '열정'이라는 연료를 만들 수 있는 방법을 알려 주겠다. 그것은 바로 **'생각 시간 갖기'**이다.

'생각 시간'은 일정 시간을 가지고 그 시간 안에는 오로지 생각만 하는 시간이다. 이 시간을 빌게이츠와 같이 그 분야에서 성공한 사람들이 사용한다.

열정 연료 주입 중···

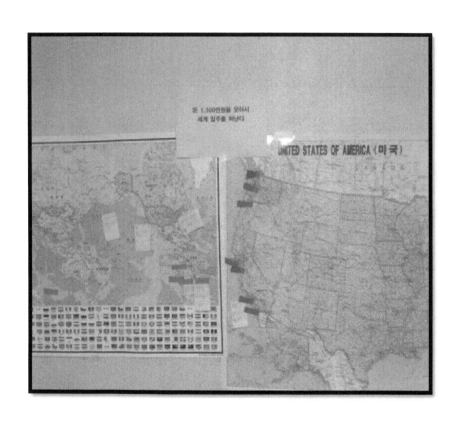

세계 일주를 꿈꾸는 나!

우리는 생각 시간을 통해 '왜 이 목표를 이뤄야 하는지'에 대한 명확한 답을 내기 위해서 노력한다. 물론, 일정 시간이 되어도 답이 안 나오는 경우가 있다. 두 번 더 해보고도 안 된다면 일단 보류를 시켜 시간이 지난 후에 다시 생각해보는 여유를 가지자.

우리는 명확한 답을 얻었다면 그 답을 워드로 만들어서 인쇄를 한 다음 잘 보이는 곳에 붙여 놓아야 한다. 아침에 일어나서 읽고, 자기 전에 읽고 잔다.

심리학에 따르면, 구체적인 말일수록 기억되기 쉽다고 한다. 뇌가 계속 기억하고 있으니까 우리의 뇌에서 '열정'이 사그라지는 것을 막을 수 있게 되는 것이다.

'생각 시간'은 절대 어렵지 않다. 단지, 생각만 할 수 있는 여유만 있으면 된다. 지금은 비록 시간 내는 것이 어렵다고 생각 할 수 있지만 그 효과 면에서는 상상 이상을 얻을 수 있을 것이다.

돼지도 생각을 하는데!

고인 물은
썩는다

앞으로만 간다면
어떤 방향이든 괜찮아!

새로운 곳으로 가기

동기는 두뇌를 위한 식량과 같다.
한 차례의 식사로 충분한 영양을 섭취할 수 없듯이
두뇌 역시 지속적이고 정기적인 리필을 필요로 한다.
- 피터 데이비스 -

'**여행**'이라는 말만 들어도 참 설렌다. 아름다운 풍경 속에서 아무 걱정 없이 걸어 다닐 수 있다는 것. 정말 매력적이다.

하지만 우리는 바쁘다는 이유로 여행의 '여'자도 꺼내지 못한 채 살아가고 있다. 빠른 속도로 변하는 사회를 쫓아가기 위해 1분 1초를 아껴가면서 말이다. 제대로 된 휴식 여건 보장은 저 멀리 안드로메다로!

나는 이 현실을 매우 걱정하고 있는 수많은 사람 중 1인이다. 사람이라는 존재가 적절한 휴식이 없다면 고장 난 기계 마냥 제구실을 못할 수 있다. 그 결말은 사회에서 아웃되는 것이다.

그런 결말은 누구도 원하지 않는다는 것! 그래서 우리는 근교라도 좋으니 최소 2주에 한 번 정도는 밖으로 다녀와야 한다.

짧은 여행이라도 정신적, 육체적 피로를 충분히 풀어줄 수 있다고 한다. 보너스로 세상 돌아가는 모습을 보면서 좋은 아이디어도 얻을 수 있다.

나도 주말 중 하루는 가까운 곳이라도 돌아다닌다. 준비물은 카메라랑 여비(버스비: 1100원, 간식비: 5000원)만 챙긴다. 돌아다니면서 지나가는 사람들을 보기도 하고, 벤치에 앉아서 하늘을 멍하니 보기도 한다.

단 몇 시간이지만 생기 넘치는 모습으로 돌아온다. 또한, 많은 것도 배워온다.

우리 인생은 마라톤에 비유된다. 지금 빨리 서두른다고 해서 결승점에

가장 빨리 들어오는 것이 아니기 때문이다. 중간에 지쳐서 뒤처지기도 하니까 말이다.

마지막에 웃고 싶니?

여러분만의 에너지를 재충전할 수 있는 방법을 가지고 있어라. 나는 여러 방법 중 '**여행**'을 추천한다.

예쁜 아이와 한 컷 in 캄보디아

아날로그는
구식이 아니다

아이디어들이 어디서 나오는지는 모르겠다.
하지만 노트북에서 나오지
않는다는 것만큼은 확실하다.
- 존 클리즈 -

　　우리는 컴퓨터 없이 살아간다는 것을 상상할 수 없는 세상에 있다. 참!
나도 모든 작업이 항상 컴퓨터와 연관 있다.
　　컴퓨터가 이 시대에 없어서는 안 될 중요한 물건이라는 것은 인정해야
겠다. 근데 시작만큼은 아날로그 방식으로 한 번 해봤으면 한다.

만화가 톰굴드는 만화에 대한 구상이 거의 정리되기 전까지 컴퓨터 앞에 앉지 않는다고 말했다. "컴퓨터가 작업에 개입되는 순간 모든 건 반드시 끝이 나야만 하는 대상이 되고 말지만 스케치북에서는 가능성이 끝도 없이 뻗어나갈 수 있기 때문이다."

컨설팅 분야에서 탑 회사인 맥킨지에서도 프로젝트를 시작할 때 종이와 연필만을 사용해서 개념을 잡으라고 가르친다. 나도 프로젝트를 시작할 때 개념과 방향을 꼭 아날로그 방식을 사용하여 잡는다. 생각을 확장하기에 적합하기 때문이다.

내가 주로 사용하는 아날로그 방식은 브레인스토밍과 마인드맵이다.
브레인스토밍은 광고 회사 사장인 오스본에 의해 창안된 방법이다. 이 방법은 여러 사람들이 모여 한 주제에 대해 다양한 아이디어를 발표하는 일종의 토론이라 할 수 있다.

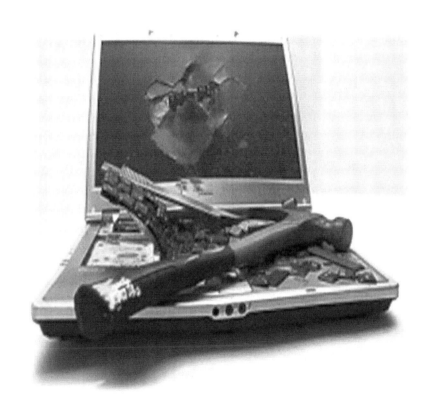

컴퓨터는 Out!

브레인스토밍의 기본 원칙은 ' 다른 사람의 의견에 비판하지 않고, 질보다는 양, 모든 아이디어를 조합하고 개선하여 재창조 할 것'이다.

마인드맵은 영국의 두뇌 학자인 토니부잔이 창시한 시각적인 사고 도구로서 알고, 생각하고, 분석하고, 기억하는 모든 것들을 마음속에 지도를 그리듯 하는 방법이다.

좋은 마인드맵을 하려면 ' 잘 잡은 중심주제, 문장보다는 키워드, 강조 키워드는 색깔 입히기'가 갖춰져야 한다.

이 두 가지 방법을 활용해서 제한된 시간 안에 다양한 아이디어를 뽑았었다. 아날로그 방식이 구시대적인 느낌은 분명히 있지만 제대로 사용한다면 그 효과는 이루 말할 수 없을 정도로 크다.

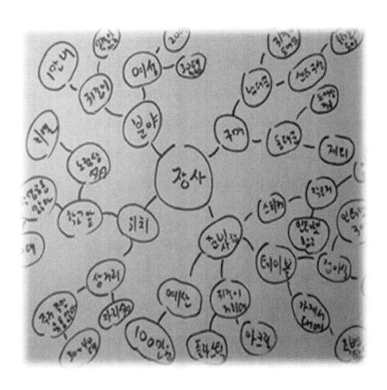

생각이 쭉쭉 뻗어가는 중…

좋은 건
함께라

메모지를 갖고 다녀라

우리는 창의적인 아이디어가 갑자기 떠오르고, 좋은 참고자료가 갑자기 발견되는 경험을 한다. 그때 자신의 기억력만 믿고 넘어간다면 시간이 지나 어디론가 사라지고 말 것이다.

우리는 뇌를 너무 믿고 의지하는 경우가 많다. 절대로 믿지마라! 특히, 기억과 관련해서는 더더욱 믿으면 안 된다.

우리는 한 번쯤 에빙하우스의 '망각의 곡선'을 들어봤을 것이다. 이 이론에 따르면, 우리는 정보를 받아들인 후 20분이 지나면 58퍼센트만 기억을 하고 1시간이 지나면 44퍼센트만 기억을 한다. 그리고 하루가 지나고 나면 33퍼센트만 기억하게 된다고 한다.

이래도 뇌를 믿을 건가? 나는 절대 뇌를 못 믿는다.

우리는 머릿속 지우개가 있는 뇌를 위해서라도 메모지를 꼭 가지고 다녀야 한다. 메모지를 들고 다니기 불편하다고 투정부리는 친구가 있는데 집 근처 문구점에만 가더라도 정말 다양한 종류의 메모지가 있다는 것 참고해라. 참고로 나는 3M에서 나온 포스트잇을 활용하고 있다. 앞주머니에도 쏙들어가고, 가격도 저렴하다.

메모지는 어느 정도 해결되었는데 메모하는 방법을 모르겠다면 알려주겠다. 제일 좋은 방법은 나만의 방식대로 필기하는 것이다.

그런데 나만의 방식이 없다면? 걱정 안 해도 된다. 많은 사람들이 다양한 방식으로 만들어 놓았으니 인터넷이나 책을 참고해서 적용해보면 된다.

나는 메모지 1장에 1가지 주제를 키워드로 작성 한다. 다 작성을 하면 내가 들고 다니는 플래너의 그 해당 날 칸에 붙여 놓는다.

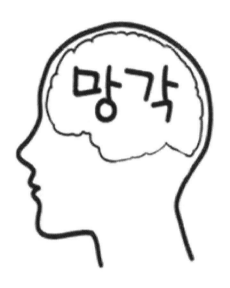

뇌를 믿지 말자!

메모를 하고 있다면 이제는 그 메모를 그냥 놔두면 안된다. 분류를 해서 기록을 계속 유지해야 할 것은 워드로 작성하여 컴퓨터에 저장시키는 작업을 해야 한다.

컴퓨터로 저장시키는 이유는 검색 기능이 있어서 필요할 때 금방 찾을 수 있기 때문이다.

나는 주말을 이용해서 메모 중 괜찮은 것만 추려서 컴퓨터와 외장하드에 저장시켜 놓는다.

메모지를 들고 다니는 것은 처음에는 진짜 귀찮을 수 있다. 하지만 인생에서 도움이 될 만한 것들을 놓치지 않는다면 지금보다 더 성장할 수 있다는 것을 알았으면 한다.

나의 메모 중에서

롤모델을 모방하자

누구나 자기가 최고라고 생각한다.
그래서 많은 사람들이
이미 경험한 선배의 지혜를 본받지 않고
실패하며 눈이 떠질 때까지 헤매곤 한다.
이 무슨 어리석은 짓인가?
먼저 경험한 사람의 지혜를 이용하여
같은 실패와 시간 낭비를 되풀이 하지 않고
그것을 넘어서 한 걸음 더 나아가야 한다.
선배들의 경험을 활용하자.
그것을 잘 활용하는 사람이 지혜로운 사람인 것이다.

- 요한볼프강폰 괴테 -

롤모델: 자신이 본받고 싶은 인물

우리는 모든 분야에서 뛰어나지 않다. 부족한 분야가 있다면 이미 정상 궤도에 오른 분들로부터 모방해야 한다.

처음부터 채워나가면 좋겠지만 우리에겐 시간이 한정되어 있다.

그래서 입증이 된 것을 모방해서 시간을 아껴야 한다.

나도 열심히 모방하고 있는 롤모델이 있다. 최근에 캘리그라피를 연습하고 있는데 그분야에서 인정을 받고 있는 공병각 형님의 작품을 모작하고 있다.

지금은 공병각 형님의 서체에서 나만의 느낌을 넣은 글자를 쓰려고 노력 중이다.

공병각 형님(출처: 동아닷컴)

노력의 결실들!!

윌리엄랠프잉이 "독창성이란? 들키지 않은 표절이다"라고 말했다.

우리는 우리에게 없는 것이 보인다면 메모지를 들고 다니면서 적어야 한다. 그리고 그 내용을 반복, 또 반복 하면서 내 것으로 만드는 작업을 해야 한다.

남이 이루어 놓은 것을 훔치는 것이 좀 그렇다고 생각할 수도 있다.

작가 조너선레섬은 "세상이 어떤 작품을 '오리지널'이라고 할 때, 그 십중팔구는 그 작품이 참조한 대상이나 최초의 출처를 모르기 때문이다"라고 말했다. 모든 창작물들은 이전의 다른 창작물들을 기반으로 해서 만들어진다.

그러니까 이미 정상 궤도에 있는 사람이나 경험한 사람들을 마음껏 베껴도 좋다.

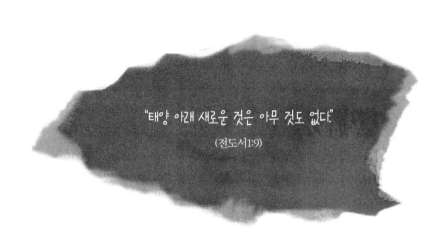

"태양 아래 새로운 것은 아무 것도 없다."

(전도서1:9)

노력없는

내가는 없다

1만 시간의 법칙

1만 시간의 법칙
모차르트도 비틀즈도 스티브잡스도 김연아도
그들의 성공을 만든 것은
타고난 천재성과 행운도 아닌
1만 시간 이상의 노력과 고통이었다.

- '응답하라1994' 13화 중 -

1만 시간은 매일 3시간씩 10년 동안 계속 노력하면 이룰 수 있는 시간이다. 피나는 노력이 없다면 이루기 힘든 목표이다. 그러나 1만 시간을 이뤄냈을 때는 정말 많은 것이 달라진다.

1만 시간을 하려면 무려 10년이라는 시간이 걸린다. 10년이라는 숫자가 그냥 보면 모르지만 체감 상 볼 때 엄청나게 긴 시간이다. 하지만 우리는 지금 평균 수명 100세가 될 시대에 살고 있다.

10년은 고작 10퍼센트밖에 되지 않는다. 지금 20살이라고 가정한다면 우리는 8번이나 무언가를 이룰 수 있다는 수치가 나온다.

이 정도면 한 번쯤은 도전해볼 만하지 않을까?

초·중·고를 나오면서 대학교까지 남들과 같은 과정을 걸어온 친구라면 자신 있게 전문 분야가 있다고 말할 수 있는 친구는 거의 없을 것이다.

이제라도 '이 분야는 내가 최고'라고 당당하게 말할 수 있는 분야를 키워야 한다.

지금부터 시작해야 할 일은 무엇일까?

1. 다양한 경험을 시도한다.

2. 다양한 책을 읽는다.

3. 다양한 사람을 만난다.

나는 6년 동안 일용직부터 사무직까지 다양한 경험을 하면서 다양한 사람들을 만날 수 있었다. 대학교를 다니는 동안에는 주말 중 하루는 도서관에서 지냈다.

시간이 꽤 걸렸지만 도전해야 할 일을 찾았다. 이제는 죽이 되든 밥이 되든 끝까지 달려가야 한다. 중도 포기란 없다. 딱 1만 시간을 지불하고 나만이 할 수 있는 일을 만들 것이다.

분명 너도 너만이 할 수 있는 분야를 만들 수 있다.

아무 문제없어!
너도 충분히 할 수 있어!

대체 불가능한
존재가 되자

박지성 선수는 처음부터 인정받던 선수는 아니었다고 한다.

작은 체구부터 축구선수로는 치명적인 평발까지 가지고 있었다. 하지만 그는 그만의 존재를 입증시키기 위해 피나는 노력을 했다. 그는 매 경기마다 10km이상 그라운드를 뛸 수 있는 '두 개의 심장'이라는 닉네임을 얻을 만큼의 지구력을 키웠다.

그 결과, 맨유에서 주전으로 활약했을 뿐만 아니라 세계적인 축구선수로 기억되고 있다.

우리는 대체 불가능한 사람이 되어야 한다. 누군가로 대체 가능하다면 우리는 경쟁에서 밀려날 것이기 때문이다.

대체 불가능한 사람이 되려면 월등히 잘하든가 나만이 할 수 있든가 둘 중에 하나다.

나는 나만이 할 수 있는 분야를 만들었으면 한다. 경제용어 중에 레드오션과 블루오션이 있다. 월등히 잘해야 하는 분야가 레드오션이라면 나만이 할 수 있는 분야는 블루오션이라 할 수 있다.

당신이라면 어떤 것을 선택하겠는가?
나는 블루오션을 선택하겠다. 처음에는 무척 힘들 것이다. 그렇지만 어느 정도 익숙해지면 그동안의 모든 노력들이 보상될 것이다.

우리는 누구나 대체 불가능한 존재가 될 수 있는 잠재력을 가지고 있다. 그 잠재력을 살리지 않는다면 이 사회에서는 밀려나고 만다. 우리는 아직 젊다. 자신만이 할 수 있는 분야를 키워보자. 그럼 밝은 앞날이 기다리고 있을 것이다.

하나의 자물쇠엔 하나의 열쇠만이 있다.

책직장을 통해

나를 단련하자

반성일기를 써보자

오늘 잘못된 일을 내일 고치지 아니하고
아침에 후회하던 일을 저녁에 고치지 못하면
사람 된 보람이 없을 것이다.

- 율곡 이이 -

우리들은 '반성하는 삶'이라는 말을 많이 듣는다. 하지만 행동으로 실천하는 사람은 그렇게 많아 보이지 않는다.

왜?

자기 잘못을 드러내기 싫으니까! 그러나 반성은 꼭 해야한다. 했던 실수를 다시 반복하지 않기 위해서라도 말이다.

반성하는 방법은 여러 가지가 있다. 그중에서 '반성일기'를 추천한다. 반성일기를 쓰는 것은 절대 어렵지 않다.

반성일기 쓰는 방법

1. 반성 할 일
2. 반성을 하는 이유
3. 개선해야 할 방향

반성일기를 다 썼다고 만족하면 안 된다. 우리는 그 일기를 활용해서 실제로 내 행동을 바꿔야 한다.

우리는 '행동개선CheckList'를 작성해서 통제해야 한다. 하나의 습관을 바꾸기 위해서는 90일이 걸린다고 한다. 우리 CheckList도 90일을 기준으로 통제가 들어간다.

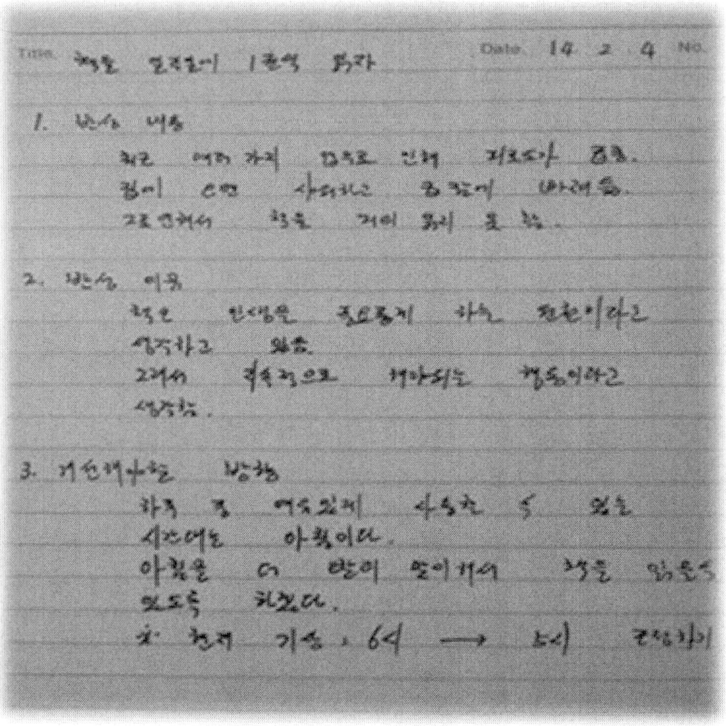

Title. 책을 일주일에 1권씩 읽자 Date. 14 2 4 No.

1. 반성 내용

[illegible]

2. 반성 이유

책은 인생을 풍요롭게 하는 원천이라고
생각하고 있음.
그래서 지속적으로 해야되는 행동이라고
생각함.

3. 개선해야할 방향

하루 중 여유있게 사용할 수 있는
시간대는 아침이다.
아침을 더 빨리 일어나서 책을 읽을 수
있도록 하겠다.
※ 현재 기상 : 6시 → 5시 [illegible]

나의 반성일기 중에서

	1	2	3	4	5	6	7	8	9	10	11	12	13	14	15
GMP듣기	✓	✓	✓	✓	✓	✓	✓	✓	✓	✓	✓				
운동하기	✓	✓	✓	✓	✓	✓	✓	✓	✓	✓	✓				
신문읽기	✓	✓	✓	✓	✓	✓	✓	✓	✓	✓	✓				
독서하기	✓	✓	✓	✓	✓	✓	✓	✓	✓	✓	✓				
글쓰기	✓	✓	✓	✓	✓	✓	✓	✓	✓	✓	✓				

현재 진행 중인 나의 체크리스트

우리는 하루에 한 번씩 체크리스트에 적힌 이유를 읽는다. 개선해야 할 이유를 잊지 않기 위해서다. 그리고 행동을 옮길 때마다 CheckList에 체크를 해준다.

반성일기와 행동개선 CheckList를 잘만 활용한다면 한 번 했던 실수를 다시 반복하는 일은 없을 것이다. 그리고 그러한 노력은 또 다른 기회도 분명히 가져올 것이다.

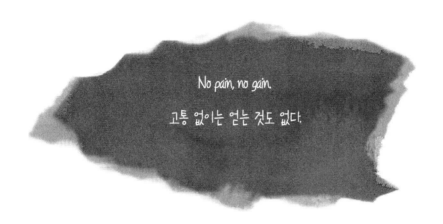

No pain, no gain.

고통 없이는 얻는 것도 없다.

피드백을 받자

피드백: <심리>진행된 행동이나 반응의 결과를 본인에게 알려 주는 일.

우리는 자기 자신과 관련된 일에 대해서 객관적인 평가를 내리기가 어렵다. 그래서 타인의 도움을 받아서 피드백을 받아야 한다.

우리는 피드백을 누구한테 받는지도 무척 중요하다. 그 일에 대해 먼저 경험한 사람이면 가장 적합하다고 생각한다.

나는 한글 디자인을 활용한 사업을 준비하고 있다. 많은 공을 들여서 자료조사부터 사업계획서 작성까지 진행했다.

솔직히 많은 고생을 했기 때문에 내 눈에는 사업계획서가 만족스럽다.

하지만 사업은 다른 사람들에게 물건을 판매하는 것이다. 절대 나만 수긍하면 안 되는 것이다.

　다행히 주변에 그쪽 분야에서 사업을 하고 계시는 형이 계셔서 계획서를 검토 받을 수 있었다. 피드백을 받는 동안 '이런 방향으로도 생각할 수 있구나'라는 생각이 들 정도로 좋은 이야기들을 많이 해주셨다.
　그 피드백을 통해 내가 생각하지도 못한 부분을 들을 수 있어서 한층 더 발전된 사업계획서를 작성 할 수 있었다.

　피드백을 받는 동안 수정사항을 듣는다면 기분이 좋은 사람은 거의 없을 것이다. 하지만 그 수정이 더 발전된 방향으로 갈 수 있다는 것만은 확실하다.

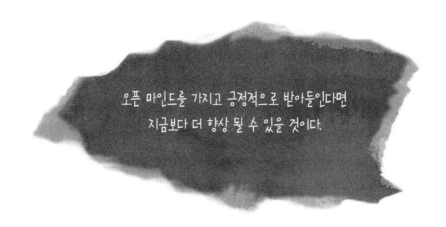

오픈 마인드를 가지고 긍정적으로 받아들인다면
지금보다 더 향상 될 수 있을 것이다.

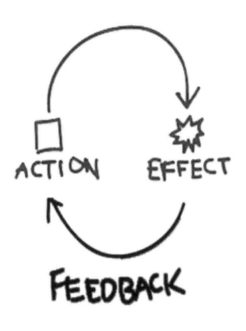

ACTION EFFECT

FEEDBACK

돌고 도는 인생

고통, 그 자체를 즐기자

이 고난은 내가 만든 것이 아니다.
어쩔 수 없는 고난이라면 이를 감내하자.
즐기면서 차라리 당당하게 받아들이자.
그리고 이겨나가자!

- 앤드류 카네기 -

우리는 삶을 롤러코스터에 비유한다. 항상 좋고 나쁨이 번갈아 오기 때문이다.

좋을 때는 한없이 좋을 것 같다가 나쁠 때는 밑바닥까지 내려간다. 밑바닥에 갈 때는 패닉상태까지 동반하는 경우가 많다.

우리가 가장 경계해야 할 것이 바로 나쁠 때이다. 나쁠 때는 항상 고통이라는 것이 동반 되어온다.
우리는 그 고통에 제대로 대비하지 못한다면 영영 헤어나오지 못할 수도 있다.

그렇다면 어떻게 대비를 할 것인가?
나쁜 상황과 그에 동반되는 고통을 쿨하게 받아들일 마음가짐이 필요하다. 물론, 그 마음가짐을 가지기가 힘든 것은 안다. 하지만 그 상황을 이겨내지 못한다면 더 나아가지를 못하는 것은 분명한 사실이다.

발레리나 강수진을 아는가?
그녀는 지금 국립발레단 예술 감독으로 활동하고 있다. 그리고 지난

1999년에는 무용계의 아카데미상으로 불리는 '브누아 드라 당스'에서 최고 여성 무용수 상을 수상했다.

그녀가 처음부터 유명했던 것은 아니다. 발레의 불모지와 다름없던 우리나라를 어린나이에 떠나 모나코 왕립 발레학교에 입학을 했다. 그리고 독일 슈투트가르트 발레단에 입단을 하면서 발레리나로 활동했다.

그 당시에는 동양의 여인이 공연에서 비중 있는 자리를 잡기는 힘들었다. 강수진도 그사실을 알았다. 그러나 피나는 훈련을 꾸준히 한다면 반드시 정상의 자리에 오를 수 있다는 자신감은 항상 가지고 있었다.

무려 10년이라는 세월 동안 철저한 자기관리를 통해 그녀는 결국 1인자가 될 수 있었다.

강수진씨 이야기를 통해 우리는 고통을 쿨하게 받아들이는 법을 배울 수 있다. 즉, 자신이 나아가야 할 목표를 명확히 세워서 그것을 매일매일 생각하면서 자신감을 가지고 사는 것이다.

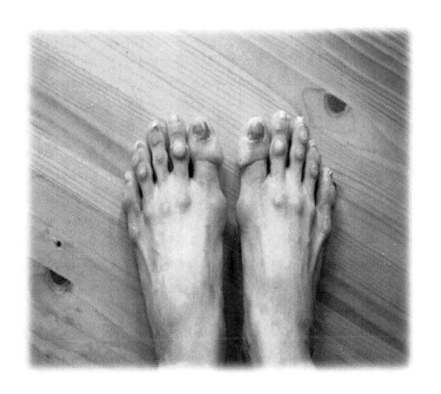

노력의 훈장 (강수진씨의 발)

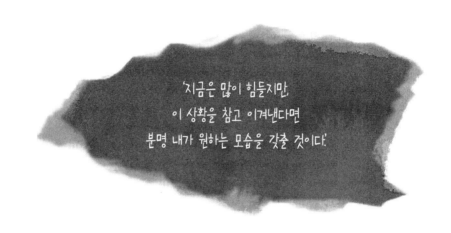

'지금은 많이 힘들지만,
이 상황을 참고 이겨낸다면
분명 내가 원하는 모습을 갖출 것이다.'

나를
통제하고

아침 명상을 해보자

마음이 초조하고 산만해지면 그냥 휴식하라.
저항에 저항으로 대항하려고 애쓰지 마라.
우리의 마음은 함부로 명령할 때보다는
편안하게 지시할 때 더욱 잘 반응한다.

- 앤드류 카네기 / 셰퍼드 코미나스 『치유의 글쓰기』중에서 -

예전에는 ' 명상 ' 이라는 단어를 들으면 산속에서 수행하는 도인들만이 하는 이미지가 있었다. 거의 관심이 없었다고 해도 무방했다.

대학교 3학년인 어느 날, 건강 관련 프로그램을 보는데 그 때 주제가 명상이었다. 그 프로그램에 따르면 명상을 하는 동안에는 뇌파가 안정되며 행복 호르몬인 세로토닌 분비를 유도하고 뇌의 컨디션을 최상으로 만들어 창의력과 집중력을 향상시키고 몸의 자연치유력이 증강된다고 했다.

딱 보고 꼭 해야겠다는 생각이 들 정도로 매력적이었다. 그리고 시간을 길게 해도 되지만 10분만해도 그와 비슷한 효과를 얻을 수 있다고 한다.

그 다음날부터 아침에 일어나면 10분간 잔잔한 음악을 들으면서 그날에 해야 할 일에 대해서 생각하면서 명상을 하기 시작했다.

예전에는 머리가 멍한 상태로 아침을 시작했는데, 명상을 한 이후부터는 머리가 말끔한 상태에서 하루를 시작할 수 있었다. 아침 시간 집중 면에서도 좋아졌다는 것을 느낄 수 있었다.

아침에 일어날 때 달콤한 잠에서 깨어나기 싫은 건 누구나 다 마찬가지다. 좀 더 자고 싶은 욕구가 정말 사람을 미치게 하지만 그것을 이겨내고 아침 10분 명상을 해보라.

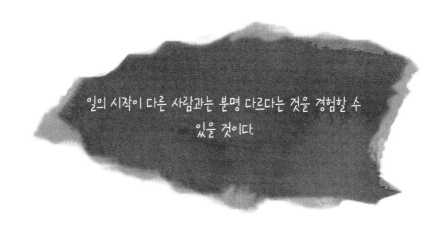

일의 시작이 다른 사람과는 분명 다르다는 것을 경험할 수
있을 것이다.

멍 때리지는 말고 @@

여유 있게 출발하자

아무리 보잘것없는 것이라도 한 번 약속한 일은
상대방이 감탄할 정도로 정확하게 지켜야 한다.
신용과 체면도 중요하지만
약속을 어기면 그만큼 서로의 믿음이 약해진다.

- 데일 카네기 -

우리는 사는 동안 다양한 사람과 약속을 한다. 친구와도하고, 가족과도
하고, 처음 만나는 사람들과도 한다.

보통 '약속'이라는 것이 사람과 사람 사이의 신뢰라고 표현한다. 그만큼
약속 지키는 것이 중요하다는 것을 의미한다.

많은 사람들이 '약속'이 중요하다는 것을 알고 있다. 그런데 약속이 정해진 시간을 가볍게 여기면서 늦는 사람들이 많다. 소위 코리아 타임이라면서.

약속시간에 늦는 사람들의 패턴은 비슷하다. 약속시간이 3시라고 한다면 교통수단을 고려해서 평소에 걸리는 시간을 고려한다. 그 고려한 시간에 맞춰서 보통 출발을 한다.

여기서 문제는 어떠한 변수도 고려하지 않았다는 것이다.

집을 나서는데 갑자기 배가 아프다든가, 버스를 타고 가다가 앞쪽에서 차 사고가 나서 차가 막힌다든가 등 여러 가지 변수들이 많다.

물론, 우리가 어떻게 그걸 예측하면서까지 사냐고 반문할 수도 있다. 하지만 약속시간을 못 지켜서 신뢰를 잃는 것 보다는 낫지 않을까?

KOREA TIMES

SEOUL, FRIDAY, MARCH 23, 1990   CITY EDITION ★★★

THE KOREA TIMES   CUL

Oh Se-wan has tried to express the
beauty of nature through his colored

Oh Tries to Express Beauty

코리아 타임?

나도 약속이 많았던 사람이었다. 하루에 2~3개는 기본으로 잡았을 정도니까 말이다. 그것을 다 소화하기 위해서는 타이트하게 잡을 수밖에 없었다.

　그런데 중간에 일이 생겨버려 뒤에 약속까지 꼬였던 경우가 한 번 있었다. 중요한 약속이었는데, 나로 인해서 무산될 뻔한 것이었다.

　다행히 좋은 방향으로 해결될 수 있었지만, 그 경험 이후로는 절대 무리하게 약속을 잡지 않는다.

　약속이라는 것은 쉽게 잡을 수 있다. 하지만 지키기는 그리 쉽지 않다. 약속을 한 번이라도 지키지 않는다면 아무리 그 전에 신뢰가 있었던 사이라도 한순간에 무너질 수 있다. 그 신뢰를 원상태로 복귀하려면 정말 많은 노력이 필요할 것이다.

약속을 잘 지키고 싶니?
답은 하나다.
여유 시간을 가지는 것!

체력을 기르자

운동은 하루를 짧게 하지만
인생을 길게 해준다.

- 조스린 -

우리는 에너지를 소비하면서 움직인다. 에너지가 없다면 모든 일이 귀찮다고 생각될 것이고, 무기력해질 것이다.

이 상태라면 꿈을 이루기 전에 바퀴에 구멍 난 자전거처럼 그 자리에서 퍼지고 말 것이다.

우리는 꿈을 이루고 싶은 사람들이다. 절대 그 자리에서 멈춰 있으면 안 된다. 그 바탕에는 에너지의 원천이 되는 강인한 체력이 뒷받침 되어야 한다.

체력을 키우는 방법은 다양하다. 축구도 있고, 헬스도 있고, 등산도 있다. 자신이 좋아하는 운동을 선택해서 하면 된다. **단, 어떤 운동을 하더라도 꾸준히 해야 한다는 것이다.**

나는 헬스를 매일 1시간 30분씩 한다. 워밍업으로 런닝머신에서 3Km를 뛰고, 어느 정도 땀이 나면 근력 운동을 50분 한다. 그리고 마무리로 스트레칭을 한다.

나는 예전부터 운동을 좋아했다. 축구, 농구, 야구 등등 모든 구기 종목은 다 말이다.

그런데 대학교를 올라오면서 사람을 만나거나 일을 우선적으로 하게 되었다. 운동은 자연스럽게 후순위가 되었다.

그때 당시만 해도 체력에는 누구보다 자신이 있었다.

이런 모습을 원해?

어느 날부터 일에 대한 몰입이 잘 되지 않았고, 슬럼프도 자주 찾아왔다. 상황이 너무 심각해지자 걱정된 마음으로 병원을 찾아갔다.

진단 결과는 운동 부족이었다. 체력에는 자신 있던 나였기에 충격은 꽤 컸다. 그때 이후로 매일 운동시간을 넣으면서 체력 관리를 하기 시작했다.

나의 경험에서도 알겠지만 강인한 체력이 뒷받침되지 않는다면 꿈도 이루지 못할 뿐더러 일상생활에도 지장이 생긴다. 다시 말해서, 내가 원래는 3을 할 수 있는데 체력이 뒷받침되지 않아서 0.5밖에 못 한다는 것이다.

지금이라도 운동화를 신고 밖으로 나가쟤!

현재 몸매 한 컷!

자주 웃자

평화롭고 만족스러우며
행복한 마음가짐으로 하루를 시작하라.
그러면 즐겁고 성공적인 날들이 전개될 것이다.

- 노먼 빈센트 필 -

나는 노홍철씨를 정말 좋아한다. 특히, 그가 추구하는 삶이 좋다. 그는
무한 긍정마인드를 외치며 항상 웃으며 산다. 사실, 이 각박한 세상에서 저
렇게 웃는 것이 얼마나 힘든지 알기에 더 대단하다는 생각이 들기도 한다.

요즘 취업하기가 하늘에 별 따기만큼 어려워지면서 공부하랴, 스펙 쌓으

라 정신없이 하루하루를 보내는 청년들이 대다수다. 자연스레 웃는 모습도 많이 사라졌다. 하지만 우리는 결코 웃는 것을 포기하면 안 된다.

나도 20살이 넘어가면서 해가 거듭할수록 웃음 횟수가 줄어 들었다. 돌이켜 보면 하루에 1번도 웃지 않았던 날도 있었다. 그런데 짜증은 점점 늘어났었다. 그러다보니 인간관계에서도 적신호, 건강에서도 적신호가 떴다.

더 이상은 안 되겠다는 생각이 들었다. 심리와 관련된 일을 하시는 지인에게 이야기를 하니까 웃음치료를 권유해주셨다. 치료 방법은 정말 단순했다.

'거울을 보면서 1분만 진심을 다해 크게 웃어라.'

나는 아침, 점심, 저녁 3회를 실시했다. 처음에는 반신반의했지만 시간이 지날수록 자연스레 웃는 횟수가 늘어났다.

그리고 짜증도 예전에 비해 많이 줄어들었다.

나는 3분의 투자로 많은 것을 얻었다. 하루 1,440분 중 단 3분으로 말이다. 여러분들도 거울을 보면서 찌푸린 얼굴은 던져버리고 1분간 호탕하게 웃어봐라.

많은 것이 바뀔 것이다.

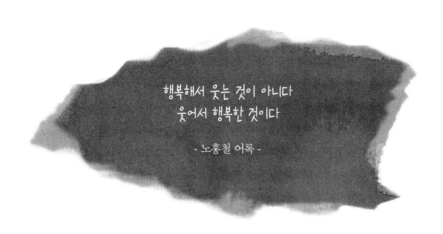

행복해서 웃는 것이 아니다
웃어서 행복한 것이다

- 노홍철 어록 -

행동까까
되자

장사했을 때….

작은 성공을
밥 먹듯 해라

우리는 성공하고 싶다. 하지만 성공한 사람은 소수다.

왜 그렇게 적은 것일까?

다양한 이유가 있을 수 있지만, 나는 우리가 성공하는 방법을 모르기 때문이라고 이야기하고 싶다. 즉, '성공'이라는 단어에 익숙해져야 성공하는 사람이 될 수 있다.

우리는 작은 성공을 맛보면서 큰 성공을 맛볼 준비를 해야한다. 작은 성공을 통해 우리도 성공 할 수 있다는 자신감을 얻기 위해서이다.

나도 성공이 소수의 전유물이라고 생각했던 적이 있었다. 그런데 동기부여 강연을 들으면서 생각이 많이 바뀌었다.

그 강사는 우리가 '성공'이라는 단어에 어색한 이유가 '성공'을 자주 접해보지 못했기 때문이라고 하였다.

나는 강연이 끝난 후 작은 성공을 위한 목표들을 작성했다.

나의 작은 목표

1. 4.0이상 학점 받기
2. 10Km 마라톤 완주하기
3. 외국인 친구 만들기
4. 여자친구 만들기
5. 장사하기

팀 대외 활동 중 한 컷!

조금만 노력한다면 충분히 이룰 수 있는 목표들로 정했다.

대학을 다니면서 여러 가지 작은 목표들을 세우면서 80%이상은 완료지었다. 그러한 경험들이 쌓이면서 성공에 대한 거부감이 사라졌고, 지금은 나의 꿈도 충분히 이룰수 있다는 자신감도 생겼다.

'티끌 모아 태산'이라는 말처럼 작은 성공을 통해 큰 성공을 이룰 수 있다. 그 이면에는 반드시 성공 할 수 있다는 자신감과 용기가 생긴 것이다.

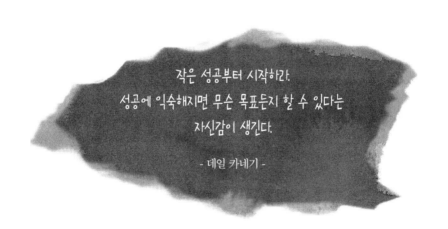

작은 성공부터 시작하라.
성공에 익숙해지면 무슨 목표든지 할 수 있다는
자신감이 생긴다.

- 데일 카네기 -

오늘에 충실하자

해결될 문제라면
걱정할 필요가 없고,
해결이 안 될 문제라면
걱정해도 소용없다.
- 티베트 격언 -

　우리는 '오늘'이라는 시간 속에 우리가 원하는 상황으로 바꿀 수 없는 '어제'와 '내일'을 걱정하면서 살아가고 있다. 해결할 수 있다면 시간이 아깝지는 않겠지만 보통은 그렇지 않다.

　뜨끔한 친구들이 있을지도 모른다. 모든 사람들이 그렇지만 실수를 하면 머릿속에 맴도는 것이 일반적이다. 또, 불안한 미래를 걱정하는 것도

"아! 그때 내가 왜 그랬을까?"

"내일이 시험인데 어떡하지?"

우리들의 일상적인 걱정들…

마찬가지다.

하지만 걱정만으로는 우리가 바꿀 수 있는 것은 아무것도 없다. **오로지 행동으로 옮기는 것이 답이다.**

나는 걱정거리가 생기면 '걱정노트'에 기록을 한다. 그 노트에 고민내용, 고민을 해결할 수 있는 방안, 그 고민을 해결하지 못할 경우 발생할 최악의 상황을 적는다.

고민, 딱 10분이면 어느 정도 결론이 나온다.

그 결론이 즉시 해결가능한 방안이라면 행동으로 곧바로 옮긴다. 미루다보면 계속 신경 쓰이기 때문이다. 하지만 시간이 걸리는 방안이라면 시간을 두고 행동에 옮긴다.

우리는 '**어제**'와 '**내일**'을 결코 통제할 수 없다. 우리가 통제할 수 있는 것은 '**현재**', 바로 지금 이순간이다.

그런데 그 소중한 시간에 걱정만 하고 있다면 아무 것도 이루지 못한 채 아까운 시간만 허비하고 있는 꼴이 될 것이다.

우리는 고민 대신 행동으로 옮기면서
오늘을 충실히 보내야한다.

이정도로는 해야지?

이제 우리가 해야 할 일은?

- 메모지를 들고 다녀라
- 반성일기를 써라
- 신발을 신고 나가라
- 아침 명상을 해라
- 이 책을 한 번만 읽고 알라딘에 팔아라

꿈을 좇는 흔적들

생각을 정리하기 위해 자주 갔던 광안리

사람을 좋아했던 그 시절 (드림파머스)

도전이라는 것을 알게 해준 공모전
(에어스타에비뉴 with 정민, 정식)

나의 적성을 깨닫게 해준 귀걸이 장사
(With 남수)

나를 한 단계 성장시켜준 학군단

또 다른 도전을 준비하고 있는 분야

고맙습니다

소중한 나의 가족들
나의 정신적 지주 **김다희**

힘들 때마다 쓴소리를 잘 해주는 12년지기 **권성호, 채경헌**

행동 수준이 중학교 때와 여전히 똑같은 친구들 **황인욱, 허진, 김경태,**
김유현, 김병호, 하상현

자극을 주는 친구들 **이현정, 손예슬이, 이상원, 이홍규, 이송리,**
조우신, 길영은, 민향심, 박상호, 양지윤, 이규강, 임옥경

무언가만 하면 응원해 주시는 응원천사 **정재웅 형**

귀걸이 장사를 흔쾌히 도와준 **김남수**

배울점이 많은 귀여운 동생 **도지윤**

마케팅을 알게 해주신 **황의록 교수님 및 RPM**

많은 가르침을 주신 **백갑종 멘토님, 김형은 멘토님**

그리고 **코멘티 2기** 팀원들

대학교의 모든 추억을 만들어준 **AEBS 교육방송국 친구들**

열정을 알게 해준 **아리랑 유랑단 문현우 단장 및**

드림쉐어 최영호 대표

2년간의 군생활 동안 많은 추억을 만들어준 **32보급대 식구들**

그 외에도 많은 사람들로부터 다양한 배움을 얻을 수 있었다.

이 책을 만들 수 있었던 이유이기도 하다.

아직 많이 부족하지만 이 책을 끝까지 읽어주신

모든 독자 분들께 정말 감사드린다!